Resumen Express.com

2084

de Boualem Sansal

GUÍA DE LECTURA

Escrita por Lucile Lhoste
Traducida por Juan Lopez

2084

de Boualem Sansal

Entiende fácilmente la literatura con

Resumen
Express.com

www.ResumenExpress.com

BOUALEM SANSAL

NOVELISTA, CUENTISTA Y ENSAYISTA ARGELINO

- **Nació en 1949 en Theniet El Had, Argelia.**
- **Algunas de sus obras son:**
  - *El juramento de los bárbaros* (1999)
  - *Dime el cielo* (2003)
  - *Calle Darwin* (2011)

Boualem Sansal nació en 1949 en un pueblo de Argelia. Ingeniero y economista de formación, trabajó como profesor y consultor, dirigió su propia empresa y trabajó en el Ministerio de Industria de su país, del que fue despedido en 2003 por sus críticas al gobierno. Ávido lector, no empezó a escribir hasta los años 90.

Todas sus obras están relacionadas con la cultura del islam, ya que el autor cuestiona el uso de esta religión en la actualidad. Está censurado en su propio país por su postura política, pero ha ganado notoriedad en Alemania y Francia, donde ha recibido numerosos premios. Se le concedió el título honorífico de Caballero de la Orden de las Artes y las Letras en 2012 y fue investido doctor *honoris causa* en la Escuela Normal Superior de Lyon en 2013.

2084, EL FIN DEL MUNDO

UN NUEVO *1984* EN EL MUNDO ÁRABE

- **Género:** Novela

- **Edición de referencia:** *2084. La fin du monde*, París, Gallimard, coll. «Blanche», 2015, 288 p.

- **1ʳᵉ edición:** 2015

- **Temas:** Totalitarismo, anticipación, religión, la deidad única, revuelta, mentiras, manipulación de la historia

La séptima novela de Sansal, publicada en 2015, *2084 es* una continuación de *1984*, la novela de 1949 de George Orwell (escritor y periodista inglés, 1903-1950). En 2084, el mundo está formado por un único país llamado Abistán, gobernado enteramente por la sumisión al dios Yölah y a Abi, su delegado. Pero Ati, la protagonista, empieza a preguntarse por este universo perfecto. ¿Existe realmente la frontera de la que todo el mundo habla? ¿Quiénes son los Regs, bandidos relegados a los guetos? ¿Por qué Nas, un arqueólogo, menciona una ciudad que habría existido fuera del control de la Máquina que todo lo ve?

Ganadora del Grand Prix du roman de l'Académie française en 2015, *2084* se hace eco del auge del radicalismo religioso que se está produciendo en el mundo.

RESUMEN

LAS DUDAS DE ATI

Ati, el protagonista principal, no se hace muchas preguntas sobre la existencia de su país, Abistán, sobre Yölah, su dios, o sobre Abi, su delegado y profeta en la tierra. Pero, hospitalizado en un sanatorio para tratar la tuberculosis, tiene mucho tiempo para observar lo que ocurre a su alrededor y, sobre todo, para reflexionar. Así es como le asaltan las dudas sobre todo lo que le rodea.

Nunca antes se le había ocurrido cuestionar lo que ha aprendido hasta ahora. Pero se da cuenta de que la Guerra Santa, con la que el país justifica el envío de soldados al otro lado de la frontera, no tiene ningún propósito real, ya que los ciudadanos de Abistán ni siquiera saben lo que existe más allá de esos límites. Peor aún, comprende que la religión en la que ha vivido desde su nacimiento se ha extraviado, pues, está ritualizada al máximo para impedir que la población crea en otro dios que no sea Yölah, prohíbe pensar por uno mismo y le encierra en un colectivo, del que siente que se está convirtiendo en un bellaco.

Sus dudas se refuerzan cuando conoce al arqueólogo Nas. Este último acaba de descubrir una antigua ciudad que podría haber existido antes de Yölah, lo que, según los principios de la religión Abistání, es imposible. Mucho tiempo después, Ati decide ir a buscar a Nas al gobierno donde trabaja para preguntarle por sus descubrimientos, pero se da cuenta demasiado tarde de que ha caído en una trampa. Nas ha desaparecido, y cualquiera que intente ponerse en contacto con él se convierte automáticamente en sospechoso. Cuando se da cuenta, Ati ya ha salido de su barrio, acción prohibida, para ir al Abigouv, sede del gobierno adonde nunca debería haber ido.

Luego de estar de reunión en reunión, se entera de que sus sospechas están justificadas. Tanto la religión que se practica en Abistán como el propio país son un absurdo, un régimen totalitario que se ha construido a sí mismo aplastando a todos los que se interponen en su camino. Es posible que se hayan salvado algunos vestigios de civilizaciones anteriores, pero el gobierno los ha ocultado.

Ati, buscado por todas las fuerzas policiales de Abistán debido los numerosos crímenes que ha cometido, decide llegar hasta el final de sus convicciones, encontrar la frontera y cruzarla para ver qué hay detrás. Nadie sabe si lo ha conseguido.

EL DESCUBRIMIENTO DE ABISTÁN

Antes de su estancia en el sanatorio, Ati era como todos los Abistáníes. Su ciudad, Qodsabad, era para él solo su barrio, y el resto pertenecía a las leyendas. A su regreso, fue recibido como un príncipe, ya que, haberse recuperado de la tuberculosis y haber vuelto tras una ausencia tan larga solo podía deberse al favor de Abi. Sin embargo, sólo tiene una cosa en mente, que es fingir y ocultar su condición de malhechor.

Como empleado del ayuntamiento y con la ayuda de su amigo Koa, consigue investigar. Su exploración del gueto es breve y sólo confirma su desconfianza hacia los Renegados que viven allí. Pero su viaje dentro del gobierno los enfrentará a la brutal realidad de su país.

Cuando los periódicos de Abistán mencionan la aldea descubierta por Nas, Ati y Koa, deciden visitarlo para entender por qué la versión oficial dista tanto de lo que el arqueólogo había contado a Ati en el pasado. Al salir de los límites de su barrio, la gente que encuentran en su viaje se sorprende de su origen, ya que ellos también pensaban que la ciudad de Qodsabad se limitaba a su barrio. También descubren caravanas en las que nunca habían reparado y que atraviesan el país arrastrando tras de sí a prisioneros cuya identidad y destino el joven desearía conocer.

Para escapar de la policía que les persigue, los dos amigos son escondidos por su protector, Toz. A pesar de sus advertencias, prosiguen su viaje hacia Abigouv y descubren convoyes de prisioneros que han renegado del profeta Abi. Denunciados por un hombre al que habían pedido indicaciones, Ati y Koa se ven obligados a huir por separado. Ati descubre que no es ni mucho menos el único que duda de la benevolencia de las autoridades de Abistán y de la religión que practican sus ciudadanos.

CONCIENCIA DEL PASADO

Tras conocer a Nas, Ati se había preguntado por un detalle que rápidamente adquirió una importancia capital: ¿por qué piensa el arqueólogo que la ciudad habría existido antes de Yölah, si no hay un pasado anterior al dios y al país? Dado que los Abistáníes no tienen una noción real del paso del tiempo -para ellos está congelado, no hay una sucesión real de años o épocas, por lo que no saben en qué año viven-, Ati duda al principio de estas observaciones. Es Toz quien confirma la versión del arqueólogo, que corresponde a lo que él mismo ha comprendido tras muchos años de estudio. Para ellos, todo el país vive en el absurdo.

Toz le cuenta a Ati que, desde que existe Abistán, las autoridades han utilizado toda su energía para manipular los acontecimientos al servicio de la causa de Yölah y Abi. Sus investigaciones también le han llevado a encontrar un pasado anterior al año 2084, que puede probar a través de las baratijas que guarda en lo que él llama su museo. Además, ha descubierto que el país ha aniquilado todas las demás civilizaciones existentes, incluso la Angsoc dominada por el Gran Hermano -una sociedad totalitaria imaginada por George Orwell en su novela *1984*-, que es la que más se le ha resistido. A pesar de lo que sabe, Toz sostiene que no hay vuelta atrás y que Abistán está demasiado arraigado en sus cimientos para ser destruido. Ati acepta y decide hacer sus propios descubrimientos yendo en busca de la frontera y de lo que hay más allá.

Durante su huida, es protegido por Bri, uno de los Honorables -líderes de clanes que influyen en la política de Abistán-, quien le invita a esconderse en un pabellón de su territorio. Si entonces un testigo lo localiza en las montañas de Abistán, Ati desaparece sin saber si ha encontrado el objeto de su búsqueda. En cuanto al país, al final de la novela, empieza a sufrir lo que ha provocado en otros lugares. Terroristas suicidas, que dicen difundir la ortodoxia, vienen a intentar convertir a los Abistáníes y se inmolan cuando están a punto de ser capturados, para no denunciar a sus patrocinadores.

INFORME NAS

Cuando Ati se esconde en casa del honorable Bri, éste le revela que el descubrimiento de Nas iba acompañado de un documento mucho más inquietante: el Informe Nas. Se rumorea que este informe contiene los detalles del descubrimiento de la antigua ciudad por parte del arqueólogo.

Pero Ati es en realidad el primer eslabón del plan de Su Señoría para utilizar el informe y eliminar a sus oponentes políticos. Manipulándolo, Bri le pide a Ati que entregue el documento a la viuda de Nas como testamento para su marido. Mientras tanto, Bri se asegura de que la posesión del documento incrimine a sus principales oponentes, dado que el informe desautoriza a Abi y a su religión, por lo que es un delito simplemente conservarlo. De este modo, el primer Honorable en cuestión es destituido de su cargo, mientras que Bri se convierte en el líder de todos los creyentes y de todas las provincias de Abistán.

En cuanto al informe, resulta, según Toz, que es una invención, habiendo primado el rumor sobre la realidad. El documento que circuló fue supuestamente elaborado por el clan de Bri. Contenía información inquietante sobre la existencia de la antigua aldea, que al final sólo vio Nas. Debido a que el arqueólogo desapareció en el proceso, es imposible saber hasta qué punto su descubrimiento fue real o no. Pero era imposible hacer público este informe sin alterar fundamentalmente las creencias de Abistán. Y así sobrevive el país, distorsionando los descubrimientos para que encajen en la historia que ha construido para sí mismo.

ESTUDIO DE CARACTERES

ATI

Con 32 o 35 años -él mismo no lo sabe con exactitud-, Ati solía ser un hombre apuesto, pero su enfermedad y la vida en general han hecho mella en su físico. Alto, delgado, de ojos verdes y tez clara, es lampiño, despreocupado, tímido y de modales elegantes. A pesar de estas cualidades, de niño se avergonzaba de sí mismo debido a sus rasgos suaves y algo femeninos, que le diferenciaban de los demás chicos, pero también le ponían a merced de los hombres que daban rienda suelta a sus bajos instintos con los jóvenes. Aunque reprime por completo este aspecto de su juventud, Ati ha conservado cierta curiosidad y capacidad para cuestionar constantemente su entorno.

Hospitalizado en un sanatorio para recuperarse de la tuberculosis, estuvo alejado de su ciudad natal durante más de dos años. Sin embargo, cuando regresó, fue muy bien recibido y le dieron una buena vivienda y un trabajo como funcionario administrativo en el ayuntamiento.

No se menciona a la familia de Ati, pero tiene una relación importante con Koa, uno de sus colegas. Con él pone en práctica sus planes de descubrir primero a los Renegados y después a los Abigouv. Aunque es un poco ingenuo, es perfectamente consciente de los absurdos del sistema Abistání e intenta averiguar por qué existen.

El sistema Abistání tiene una importancia crucial para la trama. Al saltarse las normas para frecuentar a los Renegados y los demás barrios, pone al descubierto el carácter extremadamente coercitivo del sistema y las aberraciones que de él se derivan. En el plan de Bri, nunca es más que un peón, y su conocimiento de lo que ocurre en Abistán no perturba en absoluto el funcionamiento del régimen.

KOA

Koa trabaja en el ayuntamiento y allí se encuentra con Ati. Los dos hombres comparten la pasión por la riqueza de su lengua, el abilang, y se conocen a través de las discusiones sobre el tema. Koa es muy respetado porque su abuelo Koh, una importante figura religiosa. A diferencia de los que traicionan la religión y ven a su familia deshonrada con ellos, él ha dado a sus parientes una buena posición en la sociedad Abistání.

Este estatus casi le impide ir al Abiguv con Ati. De hecho, aunque no le gusta la idea de castigar a los infieles, se le otorga la función de juez en un juicio por brujería -de una mujer que había insultado a Yölah- porque es descendiente de un hombre bueno. Paradójicamente, es también este acontecimiento el que le empuja a marcharse, para evitar el juicio y una condena que le repugna de antemano.

Con la misma curiosidad que Ati por saber qué ha concluido exactamente Nas de su descubrimiento de la antigua aldea, la acompaña a la plaza principal de Abistán, donde ambos se encuentran tras preguntar por la dirección. Huye en dirección opuesta a Ati, ya que cada uno quiere dar al otro una oportunidad de sobrevivir.

Según Toz, Koa murió durante su huida, ensartado en una estaca, y su tumba está en los dominios de su clan. Sin embargo, cuando Ati va a rendirle homenaje a su amigo, se llena de dudas. No puede descartar que Toz le haya mentido de alguna manera, y que Koa siga vivo, o que no haya muerto de la forma que Toz describe. Los artículos reproducidos al final de la novela dan a entender que Koa fue asesinado por los chaouchs, los funcionarios de Abigouv.

TOZ

Toz es un hombre bastante mayor. Vive en una tienda atípica cerca de la muralla que rodea el Abigouv. Posee un gran número de objetos de los siglos xx y xxi. Su aspecto no es muy atractivo. Es 20 años mayor que Ati, bajo, encorvado y de cuerpo frágil. Sin embargo, su inteligencia y carisma impresionan a los dos amigos cuando lo conocen.

El narrador lo describe como un camaleón que tiene "el poder de adoptar el rostro que mejor se adapte a la ocasión" (p. 163). No se parece a los demás creyentes y es el primer hombre al que Ati y Koa no ven con el burni, la prenda que viste normalmente a todo creyente. Toz sólo lo lleva cuando sale por la ciudad, mientras que en casa viste ropa desconocida en Abistán: pantalones, camisa y zapatos.

Su casa, así como el escondrijo en el que oculta a Ati y Koa, está amoblada como antaño -así se lo explica Toz tras su investigación-, con sillas, mesas, cubiertos, etc. También conoce el nombre de cada una de sus pertenencias, aunque no existe un equivalente en abilang.

Más tarde, revela que tiene un museo que recorre la historia de los humanos antes de Abistán. Es el único lugareño, con el que se encuentra Ati, que tiene pruebas de que el mundo tiene una historia anterior a 2084. Tras estudiar exhaustivamente el periodo, ha averiguado cómo surgió Abistán y por qué no puede destruirse fácilmente.

Es él quien finalmente da al héroe la luz que necesita para comprender la verdad sobre su país. También es portador de malas noticias, como que los cimientos de Abistán probablemente no puedan cambiarse. Así que sólo puede conservar el recuerdo de aquellos tiempos antiguos que los Abistáníes probablemente nunca recuperarán.

NAS

Nas es un arqueólogo de la misma edad que Ati, a quien éste conoce a su regreso a Qodsabad. Acaba de descubrir un pueblo abandonado y regresa a casa para informar a su ministerio, encargado de guionizar los hechos para vincularlos a la historia general de los Abigouv, y para encontrar a su esposa Sri.

Nas no aparece después de esta entrevista. Según el clan de Bri, Nas murió en circunstancias nebulosas. Se suicidó porque prefería morir a dudar de su fe, luego fue incinerado y sus cenizas se esparcieron en el mar. La hipótesis más probable es que fuera eliminado por oficiales Abistáníes para que no quedaran testigos que afirmaran que este pueblo existía antes de la llegada del régimen.

Es uno de los pocos que ha comprendido que la historia de Abistán se construyó sobre una mentira. Sus descubrimientos son inquietantes. El antiguo pueblo escapó de la Gran Guerra Santa, pero también, y sobre todo, del Aparato, la agencia de inteligencia del gobierno, que normalmente lo ve todo. Por tanto, sus conclusiones cuestionan seriamente los fundamentos de Abistán. Sin revelarle a Ati en qué consisten exactamente, le explica que ha descubierto cosas que están en total contradicción con lo que los Abistáníes aprenden desde muy pequeños. Entonces se dio cuenta de que la religión del país era fundamentalmente falsa.

CLAVES DE LECTURA

LA RELACIÓN CON *1984*

2084. El fin del mundo está concebido como un sucesor de *1984* de George Orwell, tanto desde el punto de vista temático como en la cronología de los acontecimientos descritos en la novela. En esta novela futurista publicada en 1949, un funcionario llamado Winston Smith vive en un sistema totalitario, un régimen llamado Angsoc, donde la entidad Gran Hermano es el dictador y es amado por todos. Pero Winston, al igual que Ati, es culpable de un "delito de pensamiento". Se rebela contra el régimen rompiendo toda una serie de normas -frecuenta el barrio proletario, tiene una aventura, etc. Una vez detectado, es torturado para ser purgado de sus malos pensamientos. Se vuelve totalmente apático y acaba amando al Gran Hermano tras el anuncio de una victoria de Angsoc. Probablemente sea ejecutado.

 ## LA NOVELA DE LA ANTICIPACIÓN

La principal característica de la novela de anticipación es que transcurre en un tiempo futuro y más o menos lejano. Los mundos que se presentan derivan del nuestro, y se utilizan elementos actuales para anticipar el futuro -un país ha aparecido o desaparecido, una guerra ha tenido lugar, un poder ha cambiado...

Además de la crítica que ofrece de la sociedad, este género nos permite proyectar nuestras expectativas o hipótesis sobre el futuro. George Orwell imagina el Telefon -un aparato que combina televisión y sistema de vigilancia- en una época en la que la televisión distaba mucho de estar generalizada, y en **2084**, Boualem Sansal parte de la preocupación actual por el islamismo radical para imaginar un mundo en el que domina este extremismo.

Al final de **2084**, el lector se entera de que existe una conexión entre las dos novelas dentro de la propia historia. Abistán destruyó otras civilizaciones para construirse a sí misma, y el último régimen que se le resistió fue Angsoc, dirigido por el Gran Hermano. No obstante, Abistán se sirvió de los recursos de Angsoc para establecer sus bases, lo que arroja luz sobre las similitudes entre ambos sistemas.

- **El abilang deriva claramente de la novlengua**, la lengua de Angsoc en **1984**. Se reduce a la expresión más simple posible -la mayoría de las veces, las palabras tienen un máximo de dos sílabas- y está diseñada para eliminar cualquier posibilidad de que el individuo cuestione lo que le rodea. La novlengua perseguía el mismo objetivo mediante una gramática y un vocabulario simplificados que impedían cualquier posibilidad de diálogo y reflexión.

- **La Policía del Pensamiento de Angsoc debe compararse con la Hermandad de los Justos y el Aparato**, siendo la primera un grupo de los más fervientes creyentes, llamados los Honorables, que tienen cierto poder político, mientras que se supone que la segunda lo sabe todo sobre las acciones, pensamientos y comportamiento de cualquier Abistání. Sin embargo, el Aparato parece menos eficaz que su predecesor, pues, mientras Ati es buscado por su incursión en la plaza Abigouv, nunca será identificado ni perseguido por su rebelión.

- **Ambos sistemas dependen en gran medida de la eficacia de los ministerios a la hora de manipular el pasado para adaptarlo a la creencia actual.** En *1984*, el propio Winston trabaja en el Ministerio de la Verdad; en *2084*, es Nas quien ejerce sus habilidades en el Ministerio de Archivos, Libros Sagrados y Memorias Sagradas. Los ministerios se encuentran en lugares muy cerrados, en Londres el primero, y el segundo en el Abigouv.

- **No existe una verdadera conciencia del pasado.** En *1984*, el pasado puede borrarse o remodelarse en cualquier momento; en *2084*, los Abistáníes viven en la creencia de que no hubo nada antes de esa fecha, correspondiente al supuesto nacimiento de Abistán.

- **Un enemigo supremo es odiado y vilipendiado constantemente por todos los ciudadanos.** Emmanuel Goldstein, por un lado, y Balis, por otro. Esta última es una entidad que nunca interviene como tal, sino que sirve para demonizar a sus supuestos seguidores convirtiéndolos en parias y delincuentes.

- **En ambos libros circula un documento más o menos ficticio**. Se supone que el *Libro* (escrito por Goldstein) es una obra subversiva que circula entre los opositores al Gran Hermano, pero resulta ser una creación del Partido. En *2084, existe* un documento, el Informe Nas, también inventado para que Bri consiga el poder.

- **Los retratos del líder se exhiben por todas partes y están destinados a la oración**.

Estos son sólo los principales puntos de similitud. Dado que Abistán se construye sobre los mismos cimientos que Angsoc, no faltan las analogías entre ambas obras, que quedan patentes en el título de la obra de Sansal y en el descargo de responsabilidad del autor. En *2084* también hay verdaderos guiños a la obra de Orwell, como se aprecia en la advertencia "Bigaye te vigila" (p. 32), que es una derivación del eslogan "El Gran Hermano te vigila". (ORWELL G., *1984*, trad. de Amélie Audiberti, París, Gallimard, coll. "Folio", 2014, p. 12)

EL SISTEMA POLÍTICO DE ABISTÁN

La política de Abistán se basa en varios puntos importantes:

- Una distribución geográfica extremadamente precisa. Abistán tiene 60 provincias, divididas en ciudades y distritos, designados a su vez por números y letras, por ejemplo, S21 es el nombre del distrito del que procede Ati. La ciudad en la que se encuentra el Abiguv está construida en torno al gobierno central, rodeado por una muralla y que comprende la plaza en la que tienen lugar todas las negociaciones, incluidas las salidas de la peregrinación;

- Un fuerte trasfondo religioso;

- Divisiones claras entre las distintas clases sociales;

- Control regular de los ciudadanos de Abistán por el Núcleo, el perro guardián, que recompensa a los buenos creyentes y emprende acciones legales contra los incrédulos;

- Organismos respetados por todos, aunque su papel no siempre esté claro: la Gran Mockba, el Abigouv y sus ministerios, evidentemente, pero también la Hermandad Justa, los distintos clanes políticos y las mockbas (el equivalente de las mezquitas) para la dimensión religiosa;

- Una supresión de las libertades individuales, pero también de la noción del tiempo, ya que los Abistáníes no tienen una idea real del mes o del año en que viven.

Los dirigentes necesitan todo tipo de manipulaciones para consolidar su poder político como hacerse pasar por el más ferviente partidario de Abi para movilizar apoyos, neutralizar a sus adversarios, controlar la prensa... Para conquistar las más altas esferas, el clan de Bri desarrolla un plan especialmente complejo que consiste en establecer un informe Nas, que pasaría a manos de otro clan, para deshonrar a sus líderes y asegurarse de que ningún oponente se interpondría en su camino para obtener los puestos más altos.

El ciudadano de a pie apenas se involucra en los asuntos del Abigouv. Sólo puede haber cuatro razones por las que tenga que ir allí: para rezar antes de ir en peregrinación, para unirse a una administración Abigouv, para inscribirse en la guerra o para ir al frente como prisionero después de convertirse al Gkabul -nombre que se da tanto a la religión como al libro que es su símbolo.

El pueblo puede presentar pequeñas quejas, pero cualquier desafío al régimen o desviación de la ley es duramente castigado. O bien se condena al infractor en un juicio para que sea castigado públicamente en un estadio, o se le envía en un convoy al frente.

TOTALITARISMO RELIGIOSO

La base de la religión Abistání es sencilla: Yölah es el dios y Abi su delegado. Son entidades abstractas y simbólicas, pero todo Abistání aprende a admirarlas desde pequeños. A partir de ahí, se desarrollaron una serie de máximas y tradiciones para aumentar la masa de seguidores y asegurar su devoción.

Muchas personas peregrinan por rutas muy bien marcadas para pasar sólo por los lugares reconocidos por el Aparato. Lo que cuenta en este proceso no es tanto la meta alcanzada como el camino recorrido, sino el esfuerzo realizado por el peregrino lo que demuestra la fuerza de su fe. Algunos de ellos mueren durante la travesía, lo que hace que esta celebración sea la culminación de su existencia.

Otra tradición es el Jore y se basa en la denuncia. Todo aquel que realiza su Jore, es decir, que denuncia las sospechas de incredulidad a las autoridades, es recompensado por su acto. Por citar un ejemplo, un testigo que ve a Ati dando el parte del Nas a Sri, cree que puede realizar un doble Jore. Por un lado, para denunciar el delito de adulterio -el mero hecho de mantener una conversación privada con una mujer casada se asemeja a esto- y por el otro, para denunciar al desertor.

El abilang, lengua única del país, es un medio privilegiado para transmitir los mensajes de la religión. La ley impone su uso exclusivo y ninguna palabra tiene un gran número de sílabas -de ahí los nombres tan cortos de los personajes de la novela, por ejemplo- para evitar alimentar la más mínima capacidad de razonamiento en los creyentes. Las escuelas, que obviamente enseñan en abilang, lo utilizan para convertir a los niños en perfectos discípulos de Yölah.

El *Libro de Abi* recoge todas las palabras del dios y de su delegado, que deben ser conocidas de memoria por los creyentes. Algunos de ellos gobiernan directamente sus vidas, como muestra este extracto, que se pone ante los ojos de quienes son examinados por el Core, el órgano supervisor que interroga al personal de las administraciones para juzgar su fe:

> "He establecido comités de los más sabios entre vosotros para que juzguen vuestras acciones y escudriñen vuestros corazones con el fin de manteneros en el camino de Gkabul. Sé veraz y sincero con ellos, son mis enviados. Le ocurrirá al que se evada astutamente, Yo soy Yahvé, lo sé todo y lo puedo hacer todo." (p. 87).

Cualquier ocasión es buena para rezar. Se reza varias veces al día en las mockbas, ante cualquier imagen de Abi o al saludar a un miembro destacado de la administración religiosa. El objetivo de esta maniobra es lograr la sumisión total a Gkabul (que significa "aceptación" en abilang). En realidad, se trata de aceptación más que de sumisión, es decir, aceptación de todo lo relacionado con las creencias de Abistán y, sobre todo, del hecho de que no hay otro.

Además, el sistema obliga a la población a vivir en la contradicción de una sumisión ineludible y una voluntad de rebelión al mismo tiempo. "La sumisión es infinitamente más deliciosa cuando se reconoce la posibilidad de liberarse, pero también por eso el motín es imposible, hay demasiado que perder." (p. 51). A pesar del sistema instaurado para limitar cualquier posibilidad de reflexión, es imposible que un Abistání no dude en un momento dado, al igual que es imposible dudar durante demasiado tiempo. Puesto que la existencia está totalmente regida por la sumisión al Gkabul, cualquier revuelta tendría como consecuencia la pérdida total e irreversible de posesiones, amigos, familia, incluso la vida.

UNA CRÍTICA AL ISLAM RADICAL

Boualem Sansal, en casi todas sus obras, fustiga todas las formas de religión, y en particular el islam. En 2084, estrenado en un momento muy convulso debido a las noticias sobre terrorismo y el auge de la radicalización, apunta a este extremismo religioso que se utiliza para manipular a las masas y hacer que se sometan al poder de turno.

Por supuesto, no se trata de una crítica a la religión en sí, sino al uso que se hace de ella. Así, cuando Ati visita el museo Toz, se da cuenta de que la religión que conoce procede "del desquiciamiento interno de una religión antigua [...] cuyos resortes y piñones se habían roto por el uso violento y discordante que se había hecho de ella a lo largo de los siglos." (p. 251).

El islam radical nunca se nombra claramente en la novela, por una sencilla razón. "En los sistemas totalitarios no se nombran las cosas. Tienes que usar cosas muy simbólicas e incomprensibles. El enemigo es el enemigo, eso es todo." (Sengler L., "Boualem Sansal: "2084" le règne de l'islam radical", en *Metro*, 12 de octubre de 2015).

La religión tiene un nombre, Gkabul, un dios, Yölah, y un profeta, Abi, pero nadie los conocía ni tiene constancia escrita de lo que sería el verdadero Gkabul.

Sin embargo, los pocos artículos que concluyen la novela demuestran que las técnicas de Abistán empiezan a ser contraproducentes. Los extranjeros vienen a hacer propaganda de la ortodoxia en las mockbas, incitan a los jóvenes a tomar las armas contra su país y se inmolan cuando están a punto de ser detenidos, de forma similar a los métodos utilizados por los movimientos radicales que pretenden estar vinculados al islam. Las autoridades piden que se denuncie a los sospechosos de pertenecer a este grupo, como se hacía con los infieles.

Por supuesto, es fácil identificar el islam en la antigua religión que sirvió de base para construir el Gkabul. El propio Gkabul y sus tradiciones son una obvia referencia implícita al radicalismo que se está produciendo. Al denunciar el absurdo de Gkabul, el autor quiere poner de relieve los defectos de esta desviación para que el lector tome conciencia del peligro. Sin embargo, lo hace con un rayo de esperanza, pues, el mundo que describe aún no existe y todavía hay tiempo para evitar que ocurra lo peor.

VÍAS DE REFLEXIÓN

ALGUNAS PREGUNTAS PARA AYUDARLE A REFLEXIONAR MÁS PROFUNDAMENTE...

- ¿Qué paralelismos pueden establecerse entre 2084 y 1984 de George Orwell? En su opinión, ¿por qué el autor decidió incluir en su novela a la familia de este último?

- ¿Cómo puede aplicarse la siguiente cita de la novela 1984 también a Ati, Koa y Toz?

> "En realidad, no había forma de escapar. [...] Aferrarse día tras día, semana tras semana, para prolongar un presente que no tenía futuro, era un instinto insuperable, igual que uno no puede impedir que los pulmones aspiren aire mientras haya aire que respirar." (ORWELL G., 1984, trad. de Amélie Audiberti, París, Gallimard, coll. "Folio", 2014, p. 204)

- ¿En qué sentido podría calificarse a 2084 como novela de anticipación?

- ¿Por qué puede decirse que Gkabul es similar al islam radical? Justifica tu respuesta con elementos de la novela.

- ¿Hay algo de verdad en Abistán? ¿Cómo arroja luz sobre esto el razonamiento de Ati?

- El narrador dice de la pobreza de los abilang:

> "Al final de los extremos, el silencio reinará y pesará mucho, llevará todo el peso de las cosas que han desaparecido desde el principio del mundo y el peso aún más pesado de las cosas que

no habrán visto la luz del día por falta de palabras significativas para nombrarlas." (p. 103)

- En su opinión, ¿cómo la imposición de esta lengua puede conducir a un resultado tan desastroso?

- El narrador describe ampliamente los usos y costumbres de Abistán. ¿Qué elementos de estas descripciones contribuyen a la clara separación entre las clases sociales?

- ¿De qué manera el tratamiento que da Nas al descubrimiento de la antigua aldea es un ejemplo de la manipulación de las autoridades? Responde con pruebas extraídas de la novela.

- Los Abistáníes se refieren con frecuencia a la frontera más allá de la cual se encontrarían los territorios del Enemigo. Pero si se supone que Abistán es el único mundo, ¿cómo se explica que exista una frontera?

- A la vista de los diversos artículos que cierran la novela, ¿qué suposiciones puede hacer sobre el futuro de Abistán?

PARA IR MÁS ALLÁ

EDICIÓN DE REFERENCIA

Sansal B., *2084. La fin du monde*, París, Gallimard, coll. «Blanche», 2015.

ESTUDIOS COMPARATIVOS

Orwell G., *1984*, trad. de Amélie Audiberti, París, Gallimard, coll. «Folio», 2014.

Sengler L., «Boualem Sansal: "2084" le règne de l'islam radical», en *Metro*, 12 de octubre de 2015. http://fr.metro-time.be/2015/10/12/interview/boualem-sansal-2084-le-regne-de-lislam-radical/

¡Su opinión nos interesa!
¡Deje un comentario en la pagina web de su librería en línea,
y comparta sus favoritos en las redes sociales!

Muchas más guías para descubrir tu pasión por la literatura

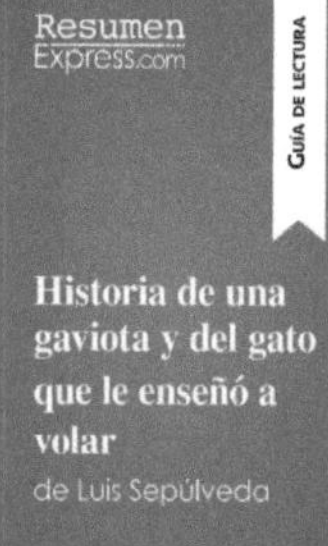

www.ResumenExpress.com

www.resumenexpress.com

ISBN ebook: 9782808687324
ISBN papel: 9782808698726
Depósito legal: D/2023/12603/1152

Cubierta: © Primento
Libro realizado por Primento, el socio digital de los editores